다른 사람과 비교하지 말고
어제의 자신보다 나아질 것을 목표로 삼으라.

달라이 라마

일이 왜 벌어졌는지를 궁금해하지 말고,
왜 당신에게 일어났는지를 생각하라.

달라이 라마

TO. 여유롭게 인생을 즐기며 살고 싶어 하는

____________________ 에게

이 책을 드립니다.

FROM. ____________________

문제에 대한 해법이 없다면
걱정으로 시간을 낭비하지 마라.

달라이 라마

First published in Great Britain in 2018 by Michael O'Mara Books Limited, 16 Lion Yard, Tremadoc Road, London SW4 7NQ

하루를 시작하면서
마음부터 챙겨보게

하루를 시작하면서 마음부터 챙겨보게

펴낸날 2019년 12월 12일 1판 1쇄

지은이 스티븐 모리슨
옮긴이 김문주
펴낸이 강유균
편집위원 이라야 남은영
기획·홍보 김아름
교정·교열 이교숙
경영지원 이안순
디자인 현애정
마케팅 신용천

펴낸곳 리드리드출판(주)
출판등록 1978년 5월 15일(제 13-19호)
주소 경기도 고양시 일산서구 고양대로632번길 60, 207호(일산동, 대우이안)
전화 (02)719-1424
팩스 (02)719-1404
이메일 gangibook@naver.com
홈페이지 www.readlead.kr

ISBN 978-89-7277-331-3 (03840)

* 잘못된 책은 바꾸어 드립니다.
* 책값은 뒤표지에 있습니다.

이 도서의 국립중앙도서관 출판예정도서목록(CIP)은 서지정보유통지원시스템 홈페이지(http://seoji.nl.go.kr)와 국가자료공동목록시스템(http://www.nl.go.kr/kolisnet)에서 이용하실 수 있습니다.(CIP제어번호: CIP2019044430)

영험한
달리라마에게
배우는
인생 수업

하루를 시작하면서 마음부터 챙겨보게

스티븐 모리슨 지음
김문주 옮김

리드리드출판

달리 라마가 들려주는 라마 카르마

우리는 지각 있는 포유류로서 행복을 바라고 고통은 피하고 싶어 합니다. 내가 트럭 뒤칸에 실려 긴 시간 세상을 여행할 때입니다. 나는 행복해지고 싶다면 마음을 갈고 닦아야 한다는 걸 깨달았습니다. 바로 여기에서 모든 과정이 시작되었습니다.

내가 속해 있는 라마 카르마karma*의 전통에서는 '명추冥芻'가 행복한 마음을 유지하는 데 가장 좋은 방법이라고 가르쳐주었습니다. 명추란 명상冥想과 반추反芻의 합성어로서, 우리가 되새김질하면서 보이는 모든 행동들을 말합니다. 라마들이 들판에 우뚝 서 있는 모습을 본 적이 있다면 쉽게 이해할 수 있을 것입니다. 오랫동안 한 자리에 서서, 시선을 멀리 두고 8자 모양으로 턱을 놀리고 있는 모습입니다. 그 심오한 영양섭

*카르마(karma) : 불교에서 중생이 몸과 입과 뜻으로 짓는 선악의 소행을 말하며, 혹은 전생의 소행으로 말미암아 현세에 받는 응보(應報)를 가리킨다. 산스크리트 Karman의 의역으로, 음역하여 갈마(羯磨)라고도 한다.

취의 수행은 긍정적인 가르침을 여러 번 되새길 수 있는 시간을 확보해 주었습니다. 욕심과 집착을 비우고, 자신을 내려놓는 과정입니다.

암컷낙타는 젖을 짜내듯 무아無我의 상태에서 포유류에서 포유류로 전해져 내려오는 고대의 진리에 대해 이야기하고 있습니다. 이 수행은 'U교乳教'라는 이름으로 불립니다. 라마 카르마는 U교의 지혜가 이끌어 내는 신중한 에너지와 사고, 행동, 그리고 얼굴표정을 의미합니다. 그러나 착각하면 안 됩니다. 무의식적으로 하는 행동들, 예를 들어 몽정이나 눈을 끔뻑여 파리를 내쫓는 것은 라마 카르마가 아닙니다.

나는 U교의 지혜가 담긴 4가지 '건초경乾草經'에서 크나큰 깨달음을 얻었습니다. 건초를 질겅이며 얻는 깨달음은, 싱그럽고 맛있는 풀만 찾아 헤매는 수많은 방랑자들이 험난한 인생의 여정에서 영원한 평화를 얻을 수 있도록 도와줄 가르침들입니다.

이 건초경에는 자비와 수행, 윤회, 그리고 미래나 과거에서 도망치지 않는 용기에 대한 풍부한 조언들이 담겨 있습니다. 언제나 자신보다는 다른 낙타들을 더 중히 여겨야 한다는 가르침입니다. 야생에 사는 과나코(소목 낙타과에 속하는 포유류)조차도 그렇습니다. 절대로 눈을 피하지 않다가 결국 싸움을 거는 과나코지만 존재 자체는 존중받아야 합니다. 그들이 태어난 이유는 누구도 모르지만, 신이 부여한 생명의 존엄을 훼손해서는 안 된다는 이치입니다.

그럼 우리는 어떻게 마음을 다스릴 수 있는 것일까요? 그건 오직 수행을 통해서만 가능합니다. 넓은 마음으로 가꾸는 게 쉽지 않지만 절대 할 수 없는 것도 아닙니다. 모든 것을 내려놓고 자유로운 짐승이 되는 것입니다.

고대로부터 내려오는 경전에 따르면, 미래나 과거를 두려워하지 않고 발굽질로 도망치지 않음으로써 우리는 '현재의 라마'로 남아 있을 수 있었습니다. 그렇게 해서 여기저기에 코를 들이밀고 다녔던 과거에 대한 죄책감과 후회에서 자유로워졌습니다. 또한 우리 마음 속 깊은 곳에 자리 잡은 공포(사자나 호랑이 같은 것들에게 잡아먹힐 수 있는 것)를 훌훌 떠나보낼 수 있었던 것입니다.

지금 꾹 그러쥐고 있는 이 책에는 고대의 경전이 우리에게 전하는 매일의 명언뿐 아니라 내가 여행 중에 널리 전파했던 포유동물의 아주 귀중한 만트라mantra*가 담겨 있습니다.

*만트라(mantra) : 진언眞言: 정신을 통일하고 깨달음의 지혜를 획득하기 위해서 외우는 신비적인 위력을 가진 언사라는 의미의 산스크리트어.
*라마 니르바나(Llama Nirvana) : 완성된 깨달음의 세계.

나는 이러한 진리를 벗 삼아 라마 니르바나Llama Nirvana*를 찾기 위한 여정을 계속 이어가고 있습니다. 니르바나는 꼬리가 쭈뼛 서고 뒷다리가 벌벌 떨릴 정도로 커다란 깨우침을 얻은 단계입니다. 두 해 전 여름에 그 깨달음을 얻었습니다. 전기울타리를 할짝거리던 순간이었습니다. 그때 아찔하면서도 황홀한 경험을 했습니다.

나는 당신이 어떤 종에 속하든, 당신을 위해서 겸허히 기도할 것입니다. 영원한 행복을 위한 열쇠라 할 수 있는 마음의 평화를 이룩하기 위해, 당신이 이러한 지혜들에서 영감을 얻을 수 있길 바랍니다.

아, 그리고 빼놓지 않을 게 또 있습니다. 당신이 과나코한테 걸려서 땅에 질질 끌려가지 않기를 기도할 것입니다.

깊고 깊은 자비를 담아

달리 라마로부터

차례

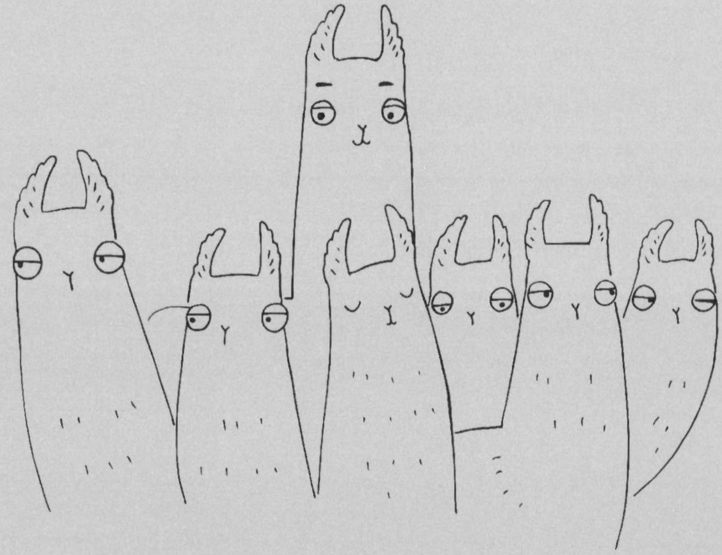

PART
1

자비(慈悲)로 변화되는 삶

자유와 존엄, 그리고 원하는 만큼 먹을 수 있는 잎사귀를 갈망하는 것은 라마의 본성입니다. 그만큼 잎사귀는 라마에게 평화와 행복을 가져다주는 산물입니다. 그렇지만 다른 이들도 이 잎사귀에 대한 권리를 주장할 수 있습니다. 그 때문에 우리는 무척 곤란해지고 어느 땐 난처한 상황에 처하곤 합니다. 하지만 그들을 도울 책임이 분명히 우리에게도 있습니다.

다른 이들의 행복을 보듬는 만큼 당신 삶의 만족도는 더욱더 커지는 법입니다. 라마의 자비 혹은 '라마 아무르Llama Amour*'는 절대 변하지 않습니다. 설령 주변의 라마들이 부정적으로 행동한다 해도 마찬가지입니다.

자비는 생각과 행동으로 표현되는 법입니다. 그뿐만이 아닙니다. 우리가 입으로 내는 푸르르르, 히이힝, 흐르릅으로도 나타낼 수 있습니다. 우리의 감성에는 자비를 드러내는 정서지능이 내재돼 있습니다. 절대 아니라고 부정할 생각은 접어두세요. 심지어 인조잔디까지 씹어 삼켜버리는 과나코에게도 있으니까요!

자비는 감정적인 반응이자 이성적인 반응입니다. 두 가지가 동시에 될 수 있다는 것을 이해할 수 없다면 나무를 생각해보세요. 나무는 우리의 친구이지만 먹이도 됩니다. 방법이야 다를 수 있습니다. 나뭇잎을 먹고 친구가 될 수도 있고, 친구를 위해 나뭇잎을 내어줄 수도 있습니다. 그러니까 감정이 앞서건 이성이 앞서건 당신 속에 내재된 자비

*라마 아무르(Llama Amour) : 라마의 사랑.

가 표출된다는 것입니다.

더 중요한 것을 알아두세요. 당신이 내면의 자비를 가지고 있다면 어떤 역경을 만난다 해도 결국에는 모든 것이 괜찮아진다는 점입니다.

3년 전 여름입니다. 나는 남아프리카의 도퍼Dorper* 양떼들과 목초지를 나눠 쓴 적이 있습니다. 30년 만에 최악의 가뭄이 닥친 해였습니다. 많은 농부들이 작물을 몽땅 잃었고, 양떼들은 이 심각한 문제가 '자기들'한테 악영향을 미칠까 봐 전전긍긍했습니다. 그 양들을 안심시키는 게 내 임무였습니다. 양들은 그 나라의 섬유산업을 부흥시켜야만 하는 중요한 역할을 맡고 있었습니다.

양떼 무리 가운데 한 마리가 사시斜視로 고통을 받고 있었습니다. 다른 양들은 눈동자가 빙글빙글 돌아가는 그녀를 '스티브 부세미Steve Buscemi*'라는 별명으로 불렀습니다. 그녀는 외톨이가 될 수밖에 없는 존재였습니다. 내적으로는 다른 양들과 어울릴 수 없다는 고통을 받았고, 외적으로는 우리 모두가 겪는 그 고통, 그러니까 이글이글 타오르는 태양으로 인한 극심한 갈증으로 괴로워했습니다.

스티브 부세미가 나에게 도움을 청하러 오기까진 긴 시간이 필요했습니다. 그건 그녀가 길치여서 멀리 돌아온 탓도 있습니다. 당시 그녀는 뭐라 표현할 수 없을 정도로 절망적인 상황에 처해 있었습니다. 그래서 그녀의 눈알이 가운데로 우스꽝스럽게 몰릴 지경이었습니다.

*도퍼(Dorper) : 얼굴은 검고 몸빛은 흰색인 양의 한 종류.
*스티브 부세미(Steve Buscemi) : 미국의 배우이자 감독으로 돌출형 눈을 가진 개성 있는 얼굴로 유명하다. <저수지의 개들>, <콘 에어>, <아마겟돈> 등에 출연했다.

나는 그녀에게 돌아간 눈알을 안쪽이 아닌 바깥쪽으로 향하도록 노력하라고 조언했습니다. 그리고 이 세상에서 '너' 아니면 '나'만 보지 말고 세상을 보라고 했습니다. 고맙게도 그녀는 눈동자를 굴리기 위해 부단한 노력을 했습니다. 그리고 환하게 웃었습니다. 시야를 넓히라는 건 뻔한 진리입니다. 하지만 마음의 평화를 찾고 싶다면 우리 모두가 받아들여야만 합니다.

세상의 모든 것들은 시간이 흐르면 변하게 마련입니다. 얼마 지나지 않아 남아프리카 하늘에 물꼬가 트이기 시작했습니다. 스티브 부세미가 다른 양들과 물웅덩이 사이사이를 뛰어다니던 모습이 지금도 눈에 선합니다. 삶이 얼마나 아름다운지 보여주는 광경이었습니다. 이 이야기를 들으며 흐뭇함으로 가슴 채우는 당신에게도 고마운 마음을 전합니다.

그 기분 좋음으로 이제 편안히 앉으세요. 마음을 정화시키기 위해 숨을 한 번 크게 들이쉬어도 좋습니다. 그리고 네 가지 건초경 가운데 첫 번째 경전을 통해 즐겁게 명상과 반추를 해보세요. 이제부터 라마로서 인생을 살며 알게 된 이루 말할 수 없이 귀중한 교훈들을 들려주겠습니다. 한눈팔지 말고 귀 기울여 주세요.

자비의 되새김

'자비의 건초경'에 대한 명상과 반추

어디를 여행하든
태양이 내리쬐든
비가 쏟아지든
자비의 창을
완전히 열어젖혀보세요.
그리고
몸의 일부는
언제나 바깥에서 보이도록
삐죽이 내놓아보세요.
자비를 구하는 이들이
쉽게 볼 수 있도록 말입니다.
이것은
당신 안에 있는
자비를 시험하는 것입니다.
자비를 베풀든
외면하든
자신을 돌아보는 계기로
삼을 수 있을 것입니다.

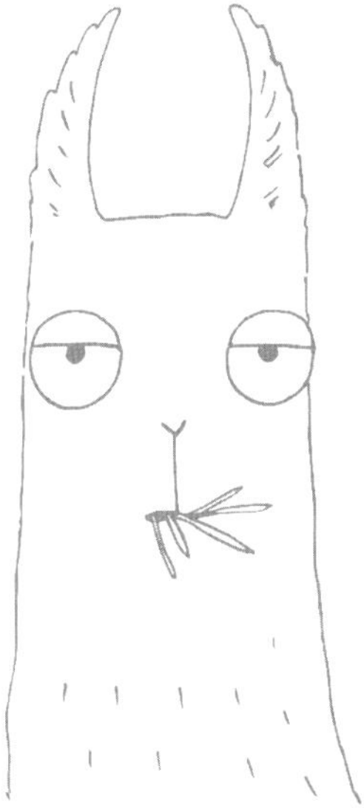

종교를 선택할 땐
어떤 운반차량을 타고 싶은지
고민하고 결정할 때처럼 해보세요.

쉐보레 아발란치 같은 교회인지
닛산 프론티어 같은 신전인지
아니면
르노 알래스칸 같은 절인지
고민하세요.

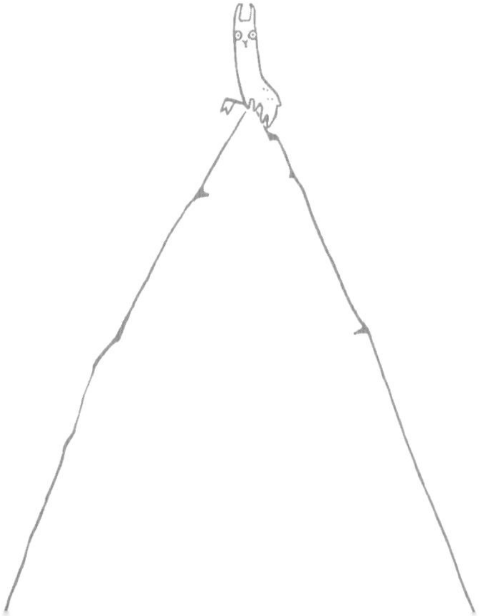

그러나
당신이 살아갈 삶이 남아 있고
그 안에서 평온을 유지할 수 있다면
어떤 차를 타느냐는
중요치 않습니다.

돌팔이 치과의사에게
이빨을 뽑힌 것처럼
이스즈 D맥스의
번쩍이는 크롬 테두리에
들이받힐지라도 말입니다.

자비는
허공에 대고 뿌리는 소독제와 같습니다.
자비가 저 멀리까지 흩뿌려질 때
모두에게 내려앉을 수 있습니다.
삭막한 세상에도
각박한 가슴에도.

그런데 말입니다,
바람이나 불이
우리의 선행을 날려버릴 수 있습니다.
그다지 거센 바람과 불이 아니라도 그렇습니다.
물론 당신 잘못이 아닙니다.
언젠가 염소 바울이
소시지 냄새에 홀려
냄비에 머리를 처박은 것처럼
사람들이 변덕스럽기 때문입니다.

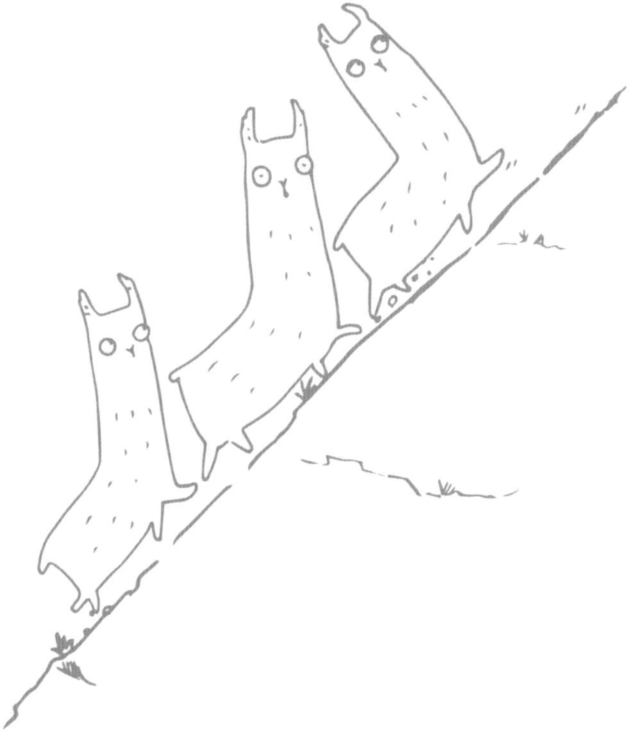

라마는
산을 오르기 위해
한 무리로 줄줄이 뭉쳐
북슬북슬한 콩가 춤을 춥니다.
잊지 말아야 할 것은
춤을 신나게 추고 싶다면
모두 마음을 모아
협동해야 합니다.
아시다시피
우리는 사회적 동물이기 때문입니다.

당신은
친구 따위는 없는 게 낫고,
콩가 춤도
차라리
혼자 추는 게 낫다고 생각합니다.
생각 없이 빙글 돌린 몸짓에
콩가 춤을 추는 줄의 끄트머리에서
무슨 일이 벌어지는지
전혀 관심 없는 라마입니다.
오호라, 벌써 눈치 챘군요.
맞습니다.
이건 100퍼센트
당신 저격 글입니다.

낙타여
그 혹일랑 내려놓으세요.
상처와 원한 따윈
영양가 없는 칼로리일 뿐입니다.
인조 잔디보다 못 한
감정덩어리일 뿐입니다.

당신이
만약 무시무시한 라마라면
당장 수의사한테로 가
그 이빨들을 모조리 빼버리세요.
당신에게 건초를 주는 이에게
해를 가해서는 안 되잖아요.
당신이
라마가 아닐지라도
우물쭈물하지 말고
무심결에 드러내는
그 살벌한 이빨일랑 뽑아버리세요.
그건 결코 자랑거리가 아닙니다.

라마 털에서
라놀린lanolin*을 싹 빼듯이
당신의 마음에서
나쁜 생각을 싹 빼버리세요.
그것이
기름처럼
당신을 미끄러뜨릴 테니까요.

누가
기름에 미끄러지지 않는다고
장담하겠어요.
행여 무모한 도전일랑 하지 마세요.

*라놀린(lanolin) : 양털기름.

당신이 라마에게 침을 뱉었는데
그 친구가 침을 되뱉지 않는다 해도
감격해하지 마세요.
라마는
자기보다
약해보이는 라마에게만
침을 뱉는다는 걸
나중에 알게 될 것입니다.

약한 라마는
더더욱 약한 라마를 찾아
침을 뱉습니다.
일그러진 얼굴이거나
천식을 앓는
병든 라마에게 말입니다.
마침내
가장 가련한 라마가
얼굴 정면으로 가래침을 맞게 됩니다.

그렇다고 그들에게
함부로 값싼 동정은 보내지 마세요.
그들에게는 당신도
양의 탈을 쓴 늑대일 뿐입니다.
분명 당신도 모르는 사이에
그들에게 침을 뱉었을 것입니다.

잘 기억하세요.
한 명을 괴롭히는 건
결국 전체를 괴롭히는 것과 같습니다.

중요한 것은
당신 마음에 있는 생각을
구분할 수 있어야 합니다.
어떤 게 긍정의 생각이고
어떤 게 악의를 품고 있을까요?
풀은 반짝이고
딸기는 맛있고
비는 만물을 소생시킵니다.
한 번만 더
내게 오명을 씌워보세요.
아마도 당신에게
보행기가 필요할지 모릅니다.
글로 써 놓으니
확실히 알겠지요?
이제, 가끔
아니, 시간이 허락하는 한
당신 마음속을 자주 정리해보세요.
부정적 생각을 발견하거든
켜켜이 쌓아두지 말고 과감하게 버리세요.
결코 당신의 자산이 될 수 없는 것들입니다.

자비는 천성적으로
평화롭고 관대합니다.
또한 무척 강합니다.
어디서나 추앙받는
비둘기처럼 말입니다.

목장에 세워진 울타리는
우리를 갈라놓습니다.
형제들로부터
동지들로부터.

그럼에도 불구하고
울타리를 꼭 세우고 싶다면
편견이라는
가시철망은 치지 마세요.
무지無知라는
높은 벽도 쌓아서는 안 됩니다.

철망을 치려거든
당신 형제자매를 내다볼 수 있도록
높이 1미터를 넘기지 않아야 합니다.
수시로 그들과
눈을 마주쳐야 하니까요.
더불어 그들을 위해
삼 면이 막힌 천막도 지어주세요.
타들어갈 것 같은 뙤약볕에서
그늘과 보호막이 되어줄 수 있도록.

당신 털을 내어주세요.
3년마다
아낌없이.
다른 이들이
당신의 따뜻함에 뒹굴 수 있도록
온기를 나눠주란 것입니다.
털이란 게
몸에
오래 붙어 있어봤자
당신을
이빨 달린 구름으로 만들 뿐입니다.

어떤 일을 함에 있어
누가 봐도 나쁜 경우는
아주 드물거나
거의 불가능합니다.

아,
지난번에 내 친구 제라드가
전동휠체어를 타고 가던 숙녀에게
침을 뱉은 건 예외로 할게요.
누가 봐도 그건
완벽하게 못난 짓이었습니다.

증오는 증오로 극복할 수 없습니다.
올빼미가 올빼미를 잡아먹을 수 없듯이
거스를 수 없는 진리입니다.

돈 많은 낙타가
바늘구멍을 통과하는 것이나
우리가
탈출 방지 망을 빠져나가기나
어렵긴 매한가지입니다.
뭔들 쉬운 게 있을까요.
그러니 마음을 단단히 먹어야 합니다.
구멍으로 빠져나갈 수도 있지만
뛰어넘어야 할지도 모릅니다.
길이 어디 하나밖에 없을까요?

쭈욱 들이키세요,
자비의 우유 한 잔을.
저 멀리 들판에서 발견한
페인트통은 쳐다보지 말고요.

내 친구 제라드는
페인트 4통을 마셨다고 합니다.
그리고 잠시 동안
정신이 나가버려서
자기가 마치
새인 줄 착각했다고 합니다.

하지만 걱정하지 마세요.
자비는 아무리 과하게 들이켜도
전혀 부작용이 없습니다.

세상을 바꾸고 싶지만
자신이 보잘것없어 보일 때
모기 한 마리와
잠을 청해보세요.

안 봐도 뻔한
그 혈투만 이겨낼 수 있다면
당신은
놀라운 자신감을
선사받게 될 것입니다.

고작,
모기 따위라고 무시하지 마세요.
작은 성취감이
당신에게 희망을 가져다줍니다.

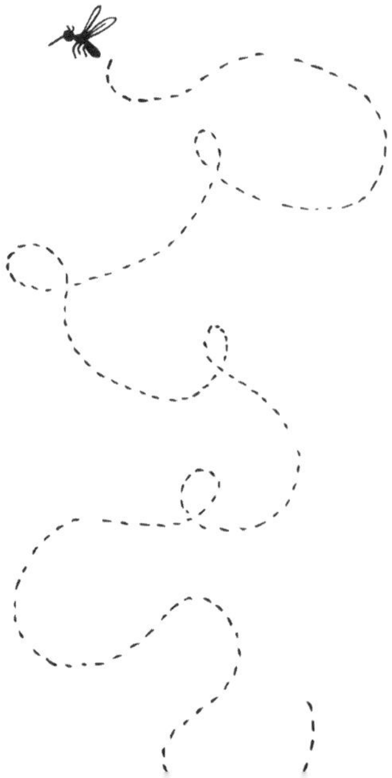

PART
2

수행修行으로 달라지는 삶

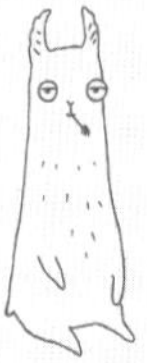

우리는 일상에서조차 수행하며 살아갑니다. 그렇지 않다면 양, 염소, 암탉들을 약탈하려는 자들을 막기 위한 파수꾼이나 짐꾼으로서의 역할을 계속 이어갈 수 없었을 것입니다.

라마는 2천 년 이상을 인간들과 함께 지내왔습니다. 그 이전의 라마들은 상스럽고 거칠고 더러웠습니다. 거의 과나코에 가까웠습니다. 왜냐하면 그 옛날 라마들도 과나코였거든요. 결국 과나코는 길들여지지 않은 라마인 셈입니다.

물론 과나코도 우리를 동족이라고 생각합니다. 다만 과한 특권을 누리는 동족이라고 생각하는 게 문제입니다. 더불어 우리가 비싼 울타리와 세련된 목초지에 집착하는 것들이라고 믿고 있습니다. 하지만 모든 생명체가 그렇듯 과나코들의 의견 역시 존중받아야 마땅합니다. 저번에 시소가 뭔지도 모르고 그 위에서 잠을 청하던 과나코를 목격한 적이 있습니다. 그 이후로 내가 어느 종에 속하는지 확신을 갖게 되었습니다.

라마들이 인간들에게 길들여지고, 얌전해지고, 문화적으로 발전하게 된 것만큼 우리의 정신도 발전했습니다. 내면의 평화를 찾기 위한 첫 걸음은 수행에 매진하는 것입니다. 사실 평정심을 찾아가는 길은 평탄치 않습니다. 쉽게 명상과 반추를 통해 마음의 평온에 이를 수 있는 날도 있지만 부단히 노력해야 하는 힘든 날도 있는 법입니다. 가끔은 주변 환경이 우릴 괴롭히기도 합니다. 우리 궁둥이 양쪽에 달린 작은 직사각형 부위에서는 경고 페로몬이 뿜어져 나와서 무리를 소란케 만들 때도 있습니다. 이런 때 우리에게 가장 필요한 것이 바로 명상과 반추입니다.

우리가 전적으로 마음을 다할 때 선한 라마 카르마를 이룩할 수 있습니다. 그러면 나무껍질을 폭식한다던지 발굽갈이에 집착하는 것 같은 사사로운 잡념들에서 벗어나 자유로워질 수 있습니다.

우리는 수행을 통해 감사한 마음을 이끌어내고, 그 감사한 마음을 통해 깨달음의 경지에 도달할 수 있습니다. 일단 그곳에 다다르게 되면 당신 내면에서 흐르는 평화의 강물에 파문을 일으킬 수 없을 것입니다.

내 친구 플라우plough* 경卿의 이야기를 들려드릴게요. 플라우 경은 자신의 명성에 집중하느라 그 외에 다른 것들에는 시간을 내어줄 수 없는 '연예라마'입니다. 비록 멀리 떨어져 살고 있어서 서로 소식이 끊긴 지는 오래지만, 그래도 나는 그를 친구로서 의지하고 있습니다.

한번은 플라우 경에게 인생에서 가장 귀중한 게 무엇인지 물은 적이 있습니다. 그는 기다렸다는 듯이 '최고로 풍성한 털을 지닌 젊은 수컷' 부문에서 우승을 차지하며 받은 리본훈장이라고 대답했습니다. 나는 그런 상은 영원할 수 없고, 어느 날 또 다른 털북숭이 라마가 나타나 그 자리를 차지하게 될 거라 말해주었습니다. 그러자 그런 날이 온다면 자신은 '늙은 수컷' 부문에 나가 똑같은 상을 받을 거라고 얼굴을 붉히며 말했습니다. 그래서 그것도 좋은 일이지만 겉만 번지르르한 허세는

*플라우(plough) : 쟁기. 또는 트랙터를 견인하면서 흙을 파서 일으키고 깎아 내거나 잘게 부수는 데 사용하는 기구.

영원할 수 없다고 말해줬지요. 그러자 그는 자기도 다 알고 있다면서, 언젠가 그 칭호를 내려놓게 되는 날이 오면 번식장으로 보내달라고 요청할 거라고 했습니다. 나는 그에게 고령이 되어서도 번식장에 갈 수 있을 거라는 자신감은 어디서 나오느냐고 물었어요. 그러자 그는 자기 이름에 괜히 '플라우'가 붙은 게 아니라고 으쓱댔습니다.

야심만만한 라마 플라우 경은 이처럼 집착과 애착으로 점철된 인생을 살고 있었습니다. 이런 인생관을 좇으며 화를 자초하고 있었던 것입니다.

지금부터 인생의 발전을 위해 바른 목표를 설정하는 것이 얼마나 중요한지 네 가지 건초경 가운데 두 번째 경전을 통해 명상과 반추를 해보세요. 당신이 소화할 수 없을 정도의 건초를 무작정 씹어대는 것이 아니라는 점도 다시 한 번 보여줄 것입니다. 나는 당신이 명상과 반추를 통해 평화로이 힝힝거리는 어느 순간 딸깍하고 깨달음을 얻길 바랄 뿐입니다.

수행의
되새김

'수행의 건초경'에 대한 명상과 반추

수행은
우리가
실천해야 할 대상입니다.
산양조차 쩔쩔 매는
험악한 경사의
가파른 저 산을 오르려고
꾸준히 연습을 하는 것처럼.
산에 오르려 할 때는
남에게 기대어서는
앞으로 전진하기 힘듭니다.
그 산을 두고
매번 도전할 때마다
스스로에게 격려를
매번 미끄러질 때마다
스스로에게 용기를 주세요.
거창할 필요가 없습니다.
격식을 갖출 필요도 없습니다.
"아자! 넌 할 수 있어."
이 한 마디면
없던 힘도 솟을 겁니다.

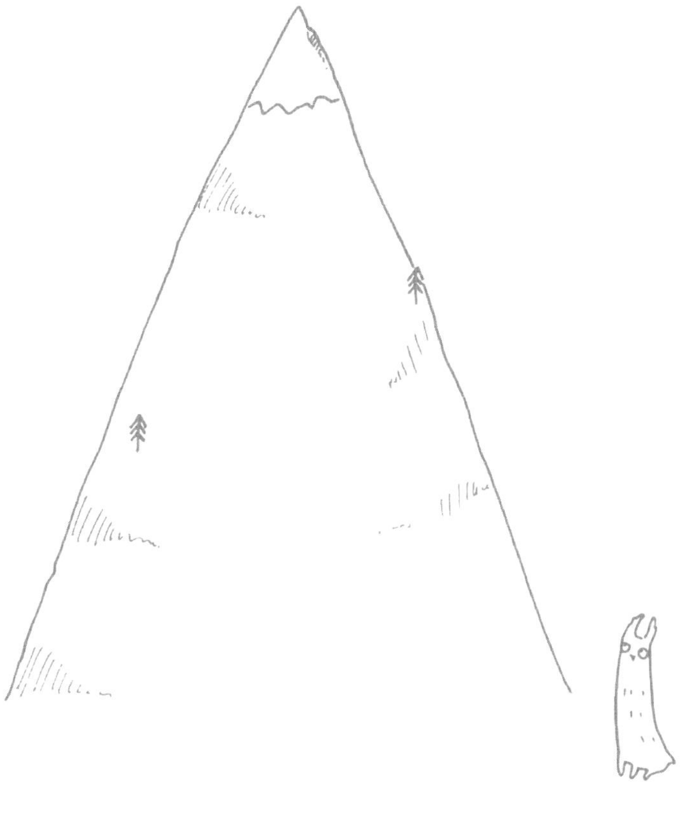

10킬로그램짜리 짐을 지고
30킬로미터를 걷느니
20킬로그램짜리 짐을 지고
15킬로미터를 걷겠습니다.
이건 은유가 아니라
경험에서 나온 것입니다.
수의사가 말하길
라마에겐
단 한 번도
탈장벨트를 채워본 적이 없다고 했습니다.
그러니 걱정을 앞세우지 말고
어느 상황이든
의연하게 받아들이세요.
모든 건 당신의 몫입니다.

목표는
다른 누군가를
이기는 것이 아니라
과거의
자신보다 나아지는 것입니다.
당연한 이야기지만
플라우 경보다는
잘나야 된다는 것입니다.
아무리 그가 지금
번식이 가능하다는
태슬* 표시를 달기 시작했다 쳐도
딱히 어려운 목표는 아닙니다.
자기와 싸우는 것보다
더 어려운 일은 없습니다.

*태슬(tassel) : 안데스 산맥에서는 멀리서도 소유주 및 암수 구분을 하는 한편 번식이 가능함을 표시하기 위해 귀에 구멍을 뚫어 색깔별로 다는 술 장식.

당신의 기분이
당신의 안장처럼
고르고 판판한지 한 번 보세요.
삐딱하다면
짜증이 날 테고
뒷발로 벌떡 일어나는 통에
잘 싣고 가던 것들이
산등성이 아래로 굴러 떨어진다면
그것들은
매의 똥에 범벅이 되고 말 겁니다.
마음 다스리는 일을
등한시하지 마세요.
마음이 다스려지지 않는 날에는
차라리 잠꾸러기가 되는 게 낫습니다.

라마가 부르는 콧노래는
두 가지입니다.
하나는 만족의 콧노래이고
다른 하나는 깊은 탄식의 콧노래입니다.
당신의 콧노래는
탄식의 소리가 아니라
만족의 흥얼거림으로 가득 채워보세요.

두 콧노래가
똑같이 들릴 수는 있습니다.
굳이 얘기하자면
설계결함입니다.
그러나 콧노래를 부르는
당신은 알 것입니다.

우리 인생의 목표는
행복을 찾는 것입니다.
하늘에 반짝이는
별들을 올려다보는 것처럼
단순한 기쁨에서
행복은 비롯될 수 있습니다.
물론
촌스럽고 우악스런
과나코들은
좀 더 단순한 데서 찾을 것입니다.
이를테면
경쟁자가 딴 쪽을 보고 있을 때
갑자기 들이박는 식입니다.
그것은
그들이 진정으로
행복해본 적이 없어서 그렇습니다.
행복이란
나눌 때
'더불어' 더 커진다는 걸 모르는 것입니다.

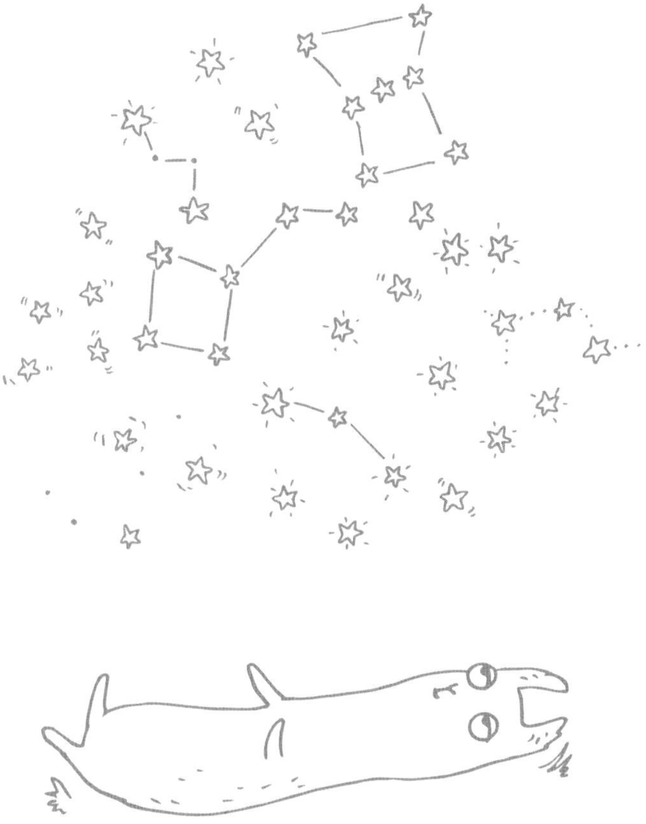

엉망진창이 된 호수입니다.
수초가 우거진 그 호수를 바라봅니다.
바람까지 휘젓고 간 호수입니다.
그렇지만 그 어디서도
얼굴은 비춰지지 않습니다.
분명 들여다보고 있는 데도 말입니다.

진흙은 의심이고
수초는 태만이며
바람은 불안이라 그렇습니다.

우리를 더럽히는 것들을
우리가 보지 못할 때
우리는 자기 모습을
가장 많이 잃게 됩니다.
자기를 들여다본다는 것은
핀란드에서 라마를 찾는 것만큼
어려운 일입니다.

그렇다고 하더라도
당신 얼굴을
호수에 자주 비춰보세요.
탁한 호수를
맑게 정화시키고 싶은
욕구가 생길 겁니다.
당신의 더럽혀진
얼굴을 마주하게 되면
바로 씻어야 하는 것처럼 말입니다.

인내심은 모든 생명체에게
으뜸가는 미덕입니다.
어떤 난관도
헤치고 나아갈 수 있는 능력입니다.
이를테면
되풀이되는 것들
기대하는 것들
예상하는 것들
예측 가능한 것들
확신하는 것들
알아차리게 되는 것들
과시하는 것들
계산 가능한 것들
눈에 띄는 것들
명백한 것들
쉽게 알아볼 수 있는 것들

감지할 수 있는 것들
결정이 나버린 것들
명백한 것들
모호하지 않은 것들
끝도 없는 것들
단조로운 것들
지루한 것들
기대하지 않는 것들
활기 없는 것들
개성 없는 것들
한결같은 것들
짜증나게 하는 것들
괴로운 것들
그리고 딱히 대가도 없이
속상하게 하는 것들입니다!

걸어갈 때
한쪽 발을
다른 한쪽 발 앞에 두는 것은
중요한 일입니다.
무척 단순한 것 같지만
이것이 지치지 않고
오래 걸을 수 있는 비결입니다.
퓨마가 나타날 때만 빼고 말입니다.
그럴 경우엔 뒷발을 후딱 떼고
대각선 맞은편의 발에 맞춰
다리를 재빨리 움직여야 합니다.
일단
살아남아야 하니까요.

인내심을 기르고 싶다면
과나코와 시간을 보내보세요.
관용을 실천할
진짜 기회를
얻을 것입니다.
그리고
"나뭇가지가 상했었나 봐."라는
말을 되풀이하면서
저녁 내내 헛구역질을 해보세요.
그 어떤 구루Guru*도 가르쳐줄 수 없는
내면의 힘을 키울 수 있습니다.

*구루(Guru) : 힌두교·시크교의 스승이나 지도자.

인내심은
우리가 낙담하지 않도록
보호해줍니다.
나무껍질 앞에서
'적당히'를 모르는
과나코는 제외해야 됩니다.

그들이 적당한 때
나무껍질에서
고개를 돌릴 수 있다면
포만감의
기쁨을 누릴 수 있을 것입니다.
그만큼
삶의 질이
한 수 위로 올라가는 것입니다.

너무 많은 것을 원하지 마세요.
덩치 큰 라마
콘수엘라를 기억하세요?
울타리를 훌쩍 넘더니
호수로 뛰어들었잖아요.
콘수엘라는
그곳을 깊고 푸른 내세라고 믿었다고 합니다.
결국 그녀를 아는 모든 이들을
부끄럽게 만들었지요.
얄팍한 지식을 뽐내는 것은
무지한 것만 못 합니다.
겸손을 뭉개버리고
오만으로 날뛰기 때문입니다.
그런 그들을
누가 신뢰하겠어요.

고압적인 태도에 익숙해지는 건
고산병에 익숙해지는 것과 같습니다.
이를 견뎌내려면
산소를 더 많이 공급해줄
적혈구를 스스로 늘려야 합니다.
그 누구의 말에도 끌려 다니지 마세요.
수만 가지 방법이 있다고 해도
당신만의 방법으로
이겨내는 게 정말 중요합니다.

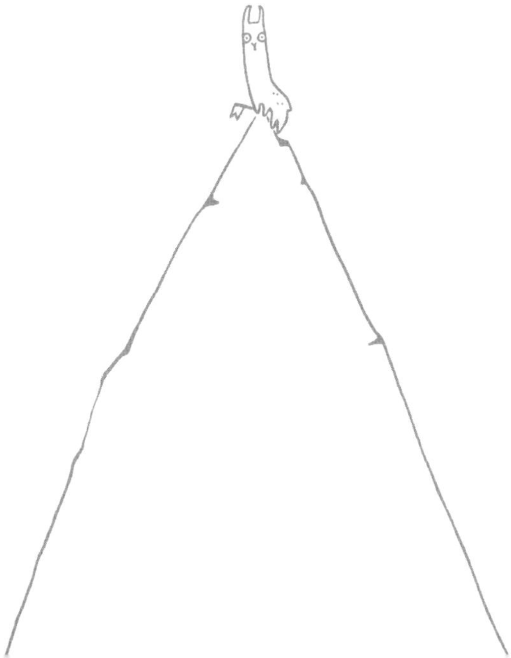

짐받이 안장은
당신의 마음과 같습니다.
하루 일과를 시작하면서
가장
기본적인 필수품을 채워보세요.
허허허
그 산더미 같은 물건들은
다 무엇인가요?

당신 스스로에게 물어보세요.
정말로
여분의 연료통이 필요로 할까요?
작은 휴대용 버너 두 개는?
냄비랑 프라이팬들은?
비닐봉지 속 여분의 장갑들은?
밀랍에 담근 성냥개비들은?
은박돗자리는?
물티슈는?
종이컵은?
팬케이크 뒤집는 어릿광대 그림이 들어간 액자는?
스폰지밥이 그려진 트렁크 팬티는?
관현악기 튜바는?

심혈을 기울여 준비해야 하는 것은
보이는 것보다는 보이지 않는 것들입니다.
각오, 목표, 용기, 도전 같은 것입니다.
그럼 어떻게 준비해야 할까요?
아주 간단합니다.
두 주먹을 불끈 쥐면 됩니다.

우리 라마는
인내심을 가지고
수행할 수 있습니다.

당신도 마찬가지입니다.

얼마든지 차근차근
마음을 수행할 수 있습니다.
너무 과한 욕심만 버리세요.
첫 술에 배부를 순 없습니다.

식사는 다양한 게 좋습니다.
나무껍질과 풀 말고
변화를 주는 것도
아주 좋은 일입니다.
어느 밤에는
이렇게 해보세요.
양처럼
알파카처럼
염소처럼
풀 껍질이나 과일껍질 등을
먹어보는 겁니다.
하지만 여우처럼은 안 됩니다.
여우는 쓰레기봉지 안에 든 건
모조리 먹어 치워버리거든요.

발굽 달린 동물들에겐
좀 더 너그러워지세요.
그가
검던지
희던지
갈색이던지
붉은 갈색이던지
붉은 갈색에 노랗고 하얀 반점들로 얼룩덜룩하던지
아니면 하얗고 검은 얼룩무늬이던지
아무런 상관도 하지 마세요.
타고난 것은
신이 부여한 특별함입니다.
그 누구도
자신이 선택하지 않은 것으로
차별받을 수는 없습니다.

수행이란 최고의 장식품입니다.
목 주변에 종처럼 두를 수 있습니다.
그 종은 소리가 나지 않고
진짜 종도 아니지만
행복을 자아냅니다.
다시 말하지만
그리고 계속 강조하지만
진짜 종으로 착각하지 마세요.
소리가 안 난다고
당신이 대신 소리 낼 필요 또한 없습니다.
빈 수레가 요란한 법입니다.

PART

3

희망希望으로 발전하는 삶

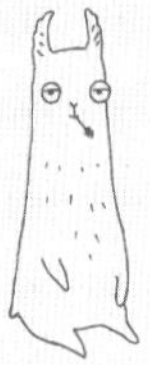

U교와 라마 카르마의 진리를 수행하면서 신도들이 걸림돌에 부딪히는 순간은 윤회를 믿어야 하는 순간일 겁니다. 많은 라마들이 그 얘기만 들어도, 농부가 뜨끈한 주사를 들고 다가오기라도 하는 냥 벌벌 떨며 뒷발로 서려 합니다.

하지만 우리에게 제대로 된 방법으로 주사를 놓는 한(뒤쪽에서 다가오면서 우리 움직임을 따르다가 바늘을 살짝 기울여서 찌르는), 목에 덱트로맥스Dectromax*를 5cc정도 놓는 것쯤은 용납할 수 있습니다. 따라서 윤회의 원리도 마찬가지로 받아들일 수 있습니다.

윤회란 죽음 후에 한 생명에 대한 지각력이 다른 몸으로 옮겨가는 것을 말합니다. 그래서 죽음을 두려워하지 않습니다. 예를 들어봅니다. 나는 지금 파라과이에서 닭장을 지키다가 이 이야기를 하고 있습니다. 밖에서는 나지막이 으르렁대는 소리가 들립니다. 아마 퓨마 한 마리가 농장의 닭장 안으로 들어가려나 봅니다. 하지만 난 상관없습니다. 죽음이 끝이 아니라는 것을 알기 때문입니다. 그래서 내가 가진 용기보다 조금 더 과감해질 수 있습니다. 눈을 부라리며 "오냐, 들어오기만 해봐라. 한 방에 날려줄 테다."라고 호기를 부릴 수도 있는 것입니다.

U교도들에겐 환생이란 말보다는 윤회라는 말이 더 와 닿습니다. 돌아간다는 뜻의 '회廻'라는 글자가 들어가서 그렇습니다. '돌아가는 것'이야말로 모든 생명체들이 즐기는 행위입니다. 그래서 치누크 연어를 빼고는 얘기할 수 없습니다. 산란지로 돌아가기 위해 거센 강물을 거

*덱트로맥스(Dectromax) : 기생충 예방 및 치료제의 일종.

슬러 1,450킬로미터를 헤엄치는 연어를 생각해보세요. 그거야말로 스스로 행하는 윤회일 겁니다.

자아는 죽음 후에 옮겨갈 뿐 아니라 매순간 새로워집니다. 다시 말해 자아는 시시각각 바뀐다는 의미입니다. 멍하니 먼 산을 바라보고 있는 순간에도 우리의 자아는 시야에 보이는 것만 담지 않습니다. 무의식이 불러오는 사고를 음미하며 변화합니다. 그것을 꼭 몸으로 느끼고 인지해야 할 필요는 없습니다. 그 자체로도 의미 있는 일이기 때문입니다. 으음, 그런데 말입니다. 조금 전에 다시 으르렁 소리를 들었습니다. 이제 90퍼센트 확신합니다. 그냥 헛간 틈새로 비집고 들어오는 바람소리일 뿐이라고. 하지만 내가 아까 생각했듯 그게 퓨마라고 해도 괜찮습니다. 어쨌든 퓨마가 아니라 더 좋긴 합니다.

모든 생명은 지속적으로 변화합니다. 우리 몸 안의 에너지는 이전의 형태나 정체와는 상관없이 새롭게 자라날 수 있는 힘이 있습니다. 그것은 새로운 자아에서 뻗어 나온 줄기가 꽃을 피운 영향일 수도 있고, 변화된 사고의 잔뿌리가 뽑아 올린 영양분 때문일 수도 있습니다. 시작과 형식이 어떠하든 그것이 불러오는 변화는 상상 이상으로 거셀 수 있습니다. 어쨌든 퓨마들은 샤샤거리지 그르렁대지는 않습니다. 잠깐 가서 순찰을 해보면(곧 내가 할 일이거든) 감사하게도 퓨마 때문에 곤경에 처하지는 않을 것임을 확인할 수 있습니다.

U교도들은 몇 세기 동안이나 영구히 변하지 않고 계속되는 존재는 없다고 믿어 왔습니다. 그래서 더 나은 내세를 위해 노력했습니다. 아니면 현생이나 그보다 못 한 삶으로 돌아온다고 믿었기 때문입니다. 아니면 우리의 실수들을 또 다시 되풀이할 각오를 해야 합니다.

그럼 지금부터 네 가지 건초경 가운데 세 번째 경전을 통해 즐겁게 명상과 반추를 해보세요. 마지막의 마지막까지 당신에게 도움이 되길 바랍니다. 변화의 주기에 관한 건초경의 지혜뿐 아니라 희망과 감정적인 부활, 그리고 수용의 중요성에 대한 생각을 담고 있기 때문입니다.

추신 : 내가 닭장 근처를 둘러봤는데 퓨마가 진짜 거기에 있었습니다. 운도 더럽게 없지 뭡니까? 그 녀석은 마치 제트엔진이라도 단 것처럼 뛰어다니는 북미원주민 추장처럼 생겼더라고요.

희망의
되새김

'윤회, 희망, 부활의 건초경'에 대한 명상과 반추

당신의 주인은
바로 당신입니다.
당연히
모든 건
당신에게 달렸습니다.

저런,
스트레스를 주려던 건 아닙니다.
당신에게
기를 불어넣고
영감을 주려는 것입니다.

영혼은 절대
진정으로 죽지 않습니다.
육체는 절대
진정으로 살아 있지 않습니다.
이런 건
덜위치Dulwich*로 들어가는 길에
좀 써놔야 합니다.
영원히 살 것처럼
허세부리는 인간들을 위해.
없어질 몸뚱이만 치장하는
당신 친구를 위해서 말입니다.

하지만
책을 읽으며
영혼에 생명수를 공급하는
당신은 예외입니다.

*덜위치(Dulwich) : 영국 런던의 한 지명.

생명체는
어떤 모습으로든
살아가게 마련입니다.
예기치 않은 상황이 강타하더라도
주저앉으면 됩니다.

알아두세요.
당신 어깨에 눌러 붙어
당신을 옴짝달싹 못 하게 하는 건
무엇일까요?
그건 바로 자포자기입니다.

아침에 떠올린
작은 생각 하나로
당신의 하루가
바뀔 수 있습니다.

나는 매일 생각합니다.
염소 바울에 대해.
헬륨 풍선에
세게 머리를 들이받아
눈두덩 한쪽이
멍들어버렸던 그때를.

자,
근엄한 얼굴 근육을 풀고
웃어보세요.
하루의 시작입니다.

현명하게 살아온 사람에게
죽음은 두려운 게 아닙니다.

그렇기 때문에
플라우 경이 그토록
죽음 앞에 벌벌
떠는 것입니다.

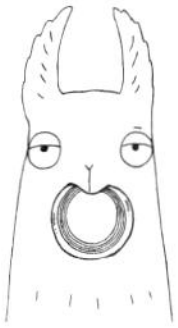

어느 젊은이가 물었습니다.
환생이 정말로 있다면
어째서 말벌들이
아직도 존재하는지를.
솔직히 말하자면
난 뭐라 대답해줄 말이 없었습니다.
어떠한 이유를 갖다 대더라도
그 젊은이의 의심을
깨부술 수 없기 때문입니다.
말꼬리 잡기일 따름입니다.
할 수만 있다면
그 의심을 초전박살 내고 싶었습니다.
눈치 챘다면 당신 또한 말싸움으로
시간과 정열을 낭비하지 마세요.

희망찬 생각은
빙하기 때
북미에 살았던
라마와 같습니다.

그들의 흔적은
완전히 지워진 듯했지만
13,000년이 흐르고 난 뒤
동물수집가들과
동물원들이
되살려내고 있습니다.

인생은 성스러운 것입니다.
그러니 그걸 만끽하세요.
하지만 어리석게 굴지는 마세요.
내가 좀 전에
꿩 마커스를 봤습니다.
그 녀석은 잽싸게
3개의 밭을 거슬러가더니
콤바인 수확기를 향해
힘차게 달려들었습니다.
오래 전에 헤어진
덩치 큰 삼촌이라고
믿었기 때문입니다.
그런데
사실을 알고는 무척 억울해했지만
누굴 탓할 수도 없습니다.

오늘
프랑스 초등학생들이
우리를 보러 왔습니다.

나는 다음 생에는
뱀이나 벽돌처럼
그러니까 귀 없이
태어나고 싶습니다.
당신은 누군가로부터
당신을 평가하는 소리를
듣고 싶지 않을 겁니다.
사람들은 왜
생김새를 가지고
상대방을 평가하는지 모르겠습니다.
부탁하건데
누군가를 평가하기에 앞서
자신은 얼마만큼 완벽한지
돌아봐야 할 것입니다.

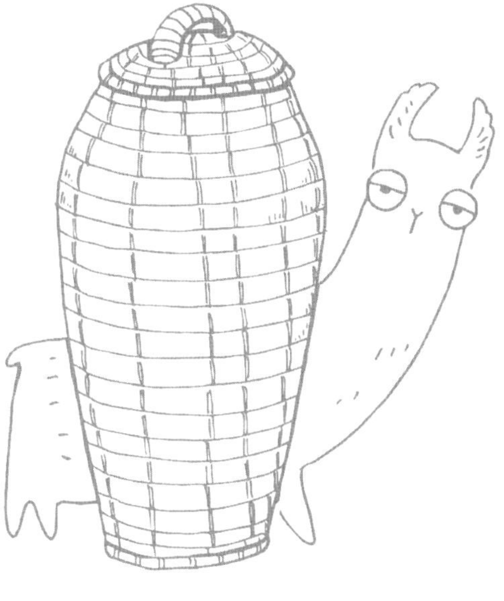

희망이
따스함을 찾아 벌름거리는
낙타 콧구멍에 내려앉으려는
파리라고 상상해보세요.

낙타는 콧방귀를 뀌며
파리를 내쫓을 겁니다.
낙타는 힝힝거리며
파리를 내쫓을 겁니다.
결국
낙타에게는
아무것도 남지 않게 됩니다.

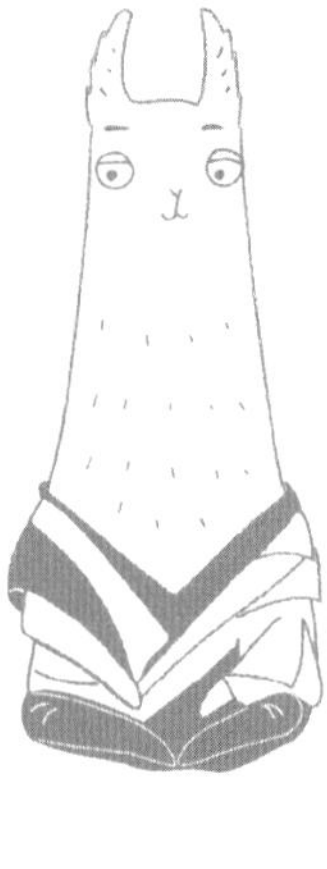

그 파리가 죽었습니다.
그리고
좀 더 큰 파리로 태어나
다시
낙타 콧구멍을 공략합니다.

그렇게 계속 되는 겁니다.
희망은
점점 커지는 파리처럼 자랍니다.
콧구멍에 맞을 때까지.

그런 겁니다.
희망이 희망을 키웁니다.
당신의 역량에 따라
그것이
몸집을 불리는 것입니다.

모든 사물은
변하게 마련입니다.
변화 그 자체도 그렇습니다.
어느 날
변화 자체가 변해서
변하지 않는 존재가 될 겁니다.
그 어떤 것도 변하지 않는
그런 상태입니다.
하지만 그것은 아주 잠깐일 뿐이고
아주 극소수일 뿐입니다.

변화를 두려워하지 말고
즐겨보세요.
우수하거나
월등하게
즐길 필요는 없습니다.
당신 나름대로
우월하게 즐겨보세요.
애쓰며 쫓아가는 것보다
훨씬 탁월한 선택입니다.

우리는
여러 차례 태어나고
또 태어납니다.
보통은
우리 어머니가 서 계실 때
태어나는데
그렇게 가족으로 이어집니다.

우리 모두는
매번 태어날 때마다
아이
부모
그리고
무좀이 있는 목소리 큰 이모가 됩니다.
당신도 마찬가지입니다.
그러니 세상에 나가
주눅 들지 마세요.
하늘에서 뚝 떨어진
별난 놈은 없습니다.

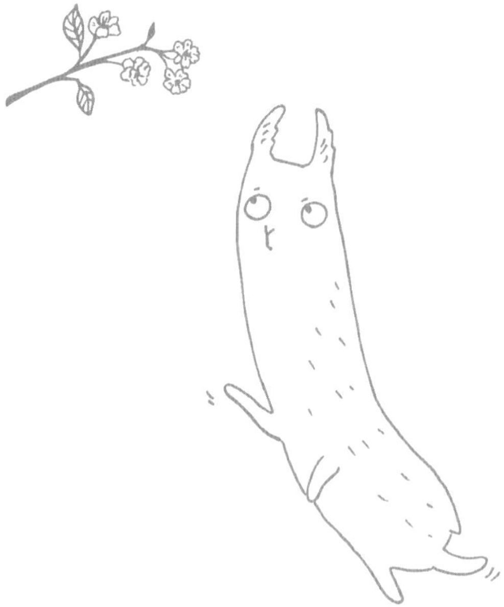

저 높은 곳에 핀 꽃가지를 살피다
몸을 쭉 뻗어보고
한 번 폴짝 뛰어보세요.
누군가 옆에서
힝힝거리며 비웃을지 모릅니다.
최선을 다했는데
왜 그 모양이냐고요.
당신은 실수인양
뒷발로 걷어차고 싶겠지만
꾹 참으세요.
절대
당신에게 득이 될 게 없습니다.
다만
그런 놈 때문에
좌절하지는 마세요.

좌절하지 않고 더 높이 뛰면
마침내 가장 낮은 곳에 드리운 잔가지에
가까스로 닿게 될 겁니다.
엄청난 노력으로
당신은
무성한 잎을
땅까지 끌고 내려올 수 있습니다.
목 근육을 이용해서 말입니다.

가지는 곧 벌거숭이가 됩니다.
모든 게 변하고
아름다움은 추함이 되고
배고픔은 질림으로
승리는 깨달음으로
바뀌어버립니다.
꽃잎 흐드러진 가지가
눈앞에 있었지만
그 역시 한때인 것입니다.

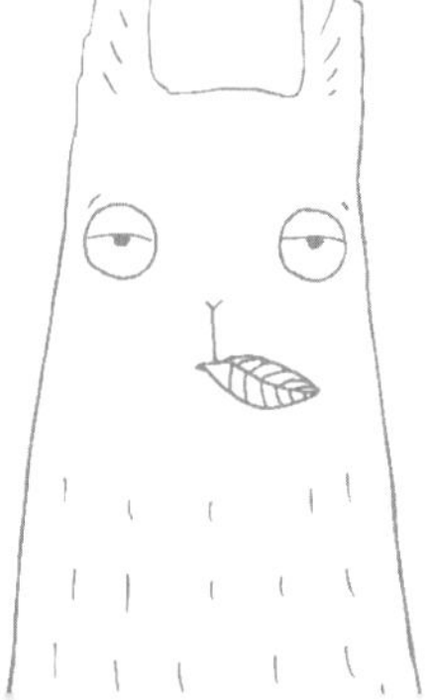

PART
4

미래未來로 나아가는 삶

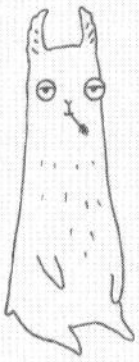

사람들은 우리를 방목합니다. 그 때문에 우리는 결정 장애로 고통을 받습니다. 풀을 먹을 것인지, 아니면 그냥 어슬렁거릴지를 결정하지 못하는 게 가장 큰 괴로움입니다. 또한 우리는 앞에 놓인 길과 뒤에 놓인 길에 관해서도 걱정해야 합니다. 어떤 때는 두 길 모두를 두려워할 수 있습니다. 때로는 한쪽 길을 두려워하면서 다른 쪽 길을 갈망할 수도 있습니다. 그러다가 금세 바나나처럼 생긴 두 귀를 뒤로 젖히고, 스스로 그 길을 마구 내달리고 있음도 깨달을 수 있습니다.

다른 동물들과 마찬가지로 라마도 때로는 지나치게 흥분하곤 합니다. 그때는 큰 소리로 울부짖고, 뒷다리는 막무가내로 발굽질해댈 수 있다는 사실을 이야기하겠습니다. 우리는 말과는 다르게 생긴 발굽을 가졌습니다. 그래서 일반적인 '발굽질'과는 많이 다릅니다. 어쨌든 '부드러운 발바닥 면 위에 박혀 있는 두 개의 발톱으로 차버리지 않기'라는 명칭으로는 쓸 수 없기 때문에, 이 상황에서는 간단하게 '발굽질'이라고 표현하겠습니다.

내가 '우리는 발굽질ing'라고 쓰더라도 양해해주길 바랍니다. 나는 플라우 경의 마구간, 아니 플라우 경의 '거처'에서 고작 하룻밤을 함께 보냈습니다. 그런데도 나는 일시적으로 차도남이 되어버렸습니다. '우리는 발굽질ing'라고 말하는 건 '내 스타일'이 아니고, 플라우 경의 스타일입니다. 그는 늘 도도하고, 과시하려 들고, 아주 세련된 것처럼 보이려고 합니다. 그것이 말이 되든 안 되든 자기만의 스타일을 고집하기 때문입니다. 아무래도 이제부터는 플라우 경과 보내는 시간을 좀 줄여야 될 거 같습니다. 어쭙잖은 플라우 경의 모습으로는 살고 싶지 않습니다.

사실 과거와 미래는 집착의 대상이 될 수 있습니다. 과나코가 인내심을 잃은 것처럼 우리도 과거는 이미 잃고 말았습니다. 과나코에게 카리스마가 아직 먼 일인 것처럼, 미래 역시 우리에게는 아직 멀었습니다. 우리가 살아가는 시간은 단 하나이며 그 시간이 바로 '현재'입니다.

U교의 진리를 추종하는 자들 가운데 제일 연장자이자 유명한 이는 존귀한 단봉낙타 '포유哺乳 카스'입니다. 카스님은 10세기경 혼란에 빠진 중국대륙의 순무 대기근도 거뜬히 이겨낸 분입니다. 위가 4개 있는 반추동물로서 자신의 깨달음을 규칙적으로 게워낼 줄 아는 분이었습니다. 그분은 생각이 단순한 낙타들까지도 소화해낼 수 있을 정도의 쉬운 가르침으로, 깨달음을 잘게 분해해주셨습니다.

다음은 어느 비쿠냐vicuna* 한 마리가 기록한 그분의 말씀입니다. 기원후 940년 아침 9시 40분에 말씀하셨다고 합니다.

"네 과거를 알고 싶다면 현재를 보아라. 미래를 알고 싶다면 네 후르르르렁렁끄끄끅! 어이쿠, 말벌한테 쏘였어! 진짜 말벌이 내 발가락 끝에 앉았다고! 후르르르어어억끽! 와 진짜 너무 아프잖아! 왜 아무도 말

*비쿠냐(vicuna) : 안데스 산맥 고지대에 서식하는 야생 라마의 일종.

하지 않았어? 왜 아무도 거기 말벌이 있다고 얘기하지 않은 거야?"

카스님은 꼬마꽃벌의 치명적인 한 방을 물린 뒤, 그 말을 남기고 곧바로 돌아가셨다고 합니다. 학자들은 그 말의 완전한 의미를 이해하고 싶다는 희망을 안고, 몇 세기 동안이나 쉬지 않고 이 문장을 파고들었습니다. 그리고 마침내 카스님이 과거와 마찬가지로 미래 역시 현재에 의해 좌우된다는 말씀을 하실 참이었다고, 거의 90퍼센트 확신하기에 이르렀습니다.

현재는 평화로 통하는 핵심입니다. 양몰이 개가 한 무리의 양을 덥석 물거나, 양편으로 갈라놓는 일 없이 솜씨 좋게 우리로 몰아넣듯 마음을 움직입니다. 지금부터 네 가지 건초경 가운데 마지막 네 번째 경전을 통해 즐겁게 명상과 반추를 해보세요. 우리 모두에게 이루 말할 수 없는 가치를 안겨줄 것이라 믿습니다. 그리고 혼자만의 라마 세계에 빠진다거나, 알파카가 발작을 일으키는 것처럼 원치 않은 내면의 괴로움을 피하도록 도와줄 것이라 생각합니다.

모두의 평화를 기원합니다.

미래의 되새김

'미래나 과거를 발굽질하지 않는 건초경'에 대한 명상과 반추

라마들은
나무껍질을 씹어대면서
현재를 온전히 즐기지 못합니다.
왜냐하면 무의식적으로
다음에 씹을 나무껍질은
분명히 지금 것보다
더 쫄깃하고 맛있을 거라고
믿기 때문입니다.
그러니 현재가 얼마나 불만이겠어요.
빌어먹을!
우리는
온 평생 현재를 놓치며 살고 있습니다.
쫄깃한 나무껍질을 찾는 모험에 갇혀서.

암탉을 떠올려보세요.
모이를 쪼아 먹고
그 맛을 음미하던가요?
절대 그런 법이 없습니다.
그들의 고개는
언제나 자발스럽게 돌아갑니다.
더 나은 먹잇감을 위해서.
그렇지만
그들이 기껏해야 쪼아 먹는 것은
지렁이 정도가 최고입니다.

행복은
태풍에 날려가는
나뭇잎 같습니다.
이를 좇아도 잡을 수 없습니다.
차라리 그럴 바에야
당신에게
확실히 날아 오게 만들어서
잽싸게 먹어버리세요.
태풍의 방향을
잘 헤아려보란 이야기입니다.
저절로 나뭇잎이
당신 입속으로 들어올 것입니다.
생각만으로도 군침이 돌지요?
그렇다면
멍하니 있지 말고
어서 풍향계를 보세요.

행복은
역경 속에서도
찾을 수 있는 존재입니다.
덩치 큰 라마 콘수엘라가
사냥개한테 쫓기다
우연찮게
사과나무숲을 발견한 것처럼 말입니다.
그녀가 제일 좋아하는 과일이 사과입니다.
인생은 누구도 알 수 없는 것입니다.
아무리 괴롭고 힘든 위기가 닥친다 해도
그런대로 살만 한 게 인생입니다.

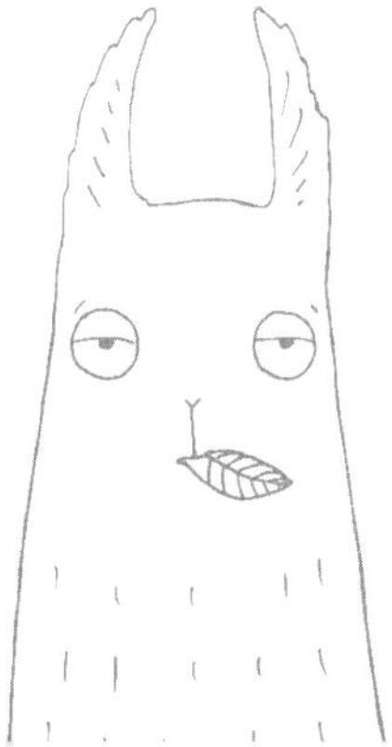

미래를 위해
현재의 행복을 포기한다면
당신에게 주어진 삶을
충분히 살아내지 못하는 것입니다.

진드기조차 도망갈 정도로
개인위생을 무시하는 걸 보니
당신의 내일은 장담할 수 없군요.
당신이
내 친구 제라드의 유모가 아니라면
제발 투덜대지 말고
주변부터 정리해보세요.
당장 기분이 한결 좋아질 겁니다.
변화된 현재에서
발전된 미래를 꿈꿀 수 있습니다.

바른 사고로 깨어 있으면
현명하게 판단하는 것은
어렵지 않습니다.
바쁘다고 깜빡하지 마세요.
학교 학생들이 견학을 온 날
피부병에 걸린 척하기를
기억하는 거랑 똑같습니다.
중요한 일에서
옳은 선택은
언제나 당신을 이롭게 합니다.

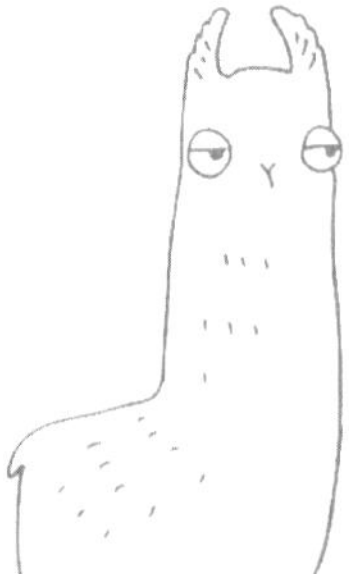

기념품 가게에서
좀도둑으로부터
기념품을 지키기 어려운 것만큼
과거를 바꾸는 것 또한
매우 어려운 일입니다.
가게 진열대에
특대 사이즈 연필을 진열해놓으면
연필을 숨기기 어려운 만큼
아무도 훔치지 못할 겁니다.
이런 방법은 딱히
실용적인 술책은 아닙니다.
무겁고 버겁지만
과거를 인정하세요.
뭉개지고 일그러진 사과도
시간이 흐르면
좋은 거름이 됩니다.

원반던지기를 할 때
원반 산업의 미래를
비관적으로 지껄이지 마세요.
그 원반이 어디서 왔는지
알지 못하고 하는 소리입니다.
절대
자신이 알고 있는 것을
과대포장하지 마세요.
날아오는
원반에나 신경 쓰란 말입니다.

아무것도 하지 않는 것보다
뭔가를 하는 게 낫습니다.
당신이 한 어떤 일에 대해서도
절대로 후회하지 마세요.
나는 개구리를 삼켰다가
완전히 취해서
저 벽보에 기어오를 뻔했을 때조차도
후회하지 않았습니다.
그 이후 다시는 개구리 쪽으로
눈길조차 주지 않습니다.
그 경험이 없었다면
나는 아직도
개구리 뒤꽁무니만
쫓아다닐지 모릅니다.

당신이 집착하는 모든 것들은
결국 당신을 떠나갈 겁니다.
당신이 아이 머리에서
모자를 벗겨냈다가
결국은 빼앗겼습니다.
세 명의 직원이 달려들어
당신 입을 비틀어 재끼고
당신 목을 꺾었습니다.
물론 당신 입 속에는
모자 조각이 남아 있긴 했습니다.
하지만 당신은 그때 이후
신선한 풀 맛과 건초의 맛을
구분하지 못하게 됐습니다.
집착하지 마세요.
미련도 두지 마세요.
억지 부려서도 안 됩니다.
그냥 두는 게 자연스럽습니다.

우리 무리 가운데
'에디'라는 라마가 두 마리 있습니다.
그 가운데 한 마리는
앞으로 내달리고
보는 것마다 킁킁거리며
냄새 맡는 것에 집착했습니다.
다른 한 마리는
그보다야 좀 더 얌전했습니다.
우리 마음이
느긋한 '에디군' 같을 때
강아지처럼 사방에 침을 뱉는
다른 '에디놈' 같지 않을 때
기적이 일어납니다.
내가 편파적이라고 생각지 마세요.
그들의 행동에 따라
판단한 것입니다.

인생에 필요한 교훈은
언제나 당신 곁에 있습니다.
내 옛날 여자 친구 린다도
언제나 내 곁에 있었습니다.
정확히 얘기하자면
그녀는 분리불안이 있긴 했습니다.
린다와 헤어진 뒤
난 매일 일기를 씁니다.
굳이 글로 써야만 일기일까요?
하루를 되돌아본다는 의미가
더 중요할 것입니다.
그때 하는 되새김질의 맛은
말해 무엇 할까요.
인생의 쓴맛
신맛
매운맛
짠맛이 뒤섞였으니
그저 오묘할 뿐입니다.
그리고 마지막으로
'꺼억' 하는 트림에서
교훈을 얻습니다.

그 무엇도
온전하게 유지되는 것은 없습니다.
그 사실을 안다면
당신은 다시 시작할 수 있습니다.
모든 걸 뒤집어엎는 데에서
순수한 기쁨을 느끼고
텐트를 허물었다 다시 세우는
저 캠핑 커플처럼 말입니다.
남다른 기쁨을 느낄 수 있다면
어서 바지를 걷어 올리세요.
같이 시작하는 겁니다.

어제 나는 까마귀를 보았습니다.

다른 사람들이
당신을 어떻게 생각할까 걱정하는 것은
부질없이 미래를 고민하는 것과 같습니다.
차분하고 신중한 마음으로
현재를 살아갈 때
다른 사람에게
보이고 싶은 모습이 될 수 있습니다.
한 번은 이 이야기를
플라우 경에게 했습니다.
하지만 그는 너무 바빴습니다.
내 어깨 너머로
짧은 털의 말 애팔루사에게
추파를 던지느라고.
부디
당신을 위해 들려주는
조언을 새겨들으세요.
소귀에 경 읽기로
끝나지 않기를 바랍니다.

그가 나랑 함께 나온 이유는
여자들한테 말을 걸어도
혼자 있을 때보다
이상해보이지 않았기 때문입니다.
솔직히 나도 잘 모르겠습니다.
내가 뭐 하러 들러리를 서는지.
거절 못 하는 것도
주치의가 필요한 병이
확실한 것 같습니다.

미래로 통하는 길만큼
과거로 통하는 길도
조심해야 합니다.
두 길 모두
진흙과 돌로 되어 있어서
진짜 미끄럽습니다.
게다가
진짜 길도 아닙니다.
암, 그렇습니다!

암컷 라마는 임신을 하면
수컷 라마에게 침을 뱉습니다.
수컷 라마가 다가올 때마다
자기가 아이를 가졌음을
상기시키려고 그러는 것입니다.

그러니 우리도
침을 뱉어야 하지 않을까요?
미래에 대한 생각에게
과거에 대한 생각에게도.
이들이 우리에게
성급하게 다가올 때마다
우리에겐 현재가 있음을
상기시켜주자는 것입니다.

두 발에 자란 발톱을
너무 짧게 다듬었다면
돌에 발을 디딜 때마다
주춤할 것입니다.
반면에
너무 길게 자라도록 내버려둔다면
자갈밭 위를 비틀대며
딱딱 거슬리는 소리를 낼 것입니다.
그러니 발톱의 길이를
적당히 유지하세요.
오롯이 고통을 감내하는 게
싫다면 말입니다.

당신의 생각은
우리의 발톱마냥
지금 이 순간
딱 알맞은 길이로
다듬어져야만 합니다.
걱정 때문에
너무 깎여서도 안 되고
징징대느라
안으로 돌돌 말려도
안 됩니다.

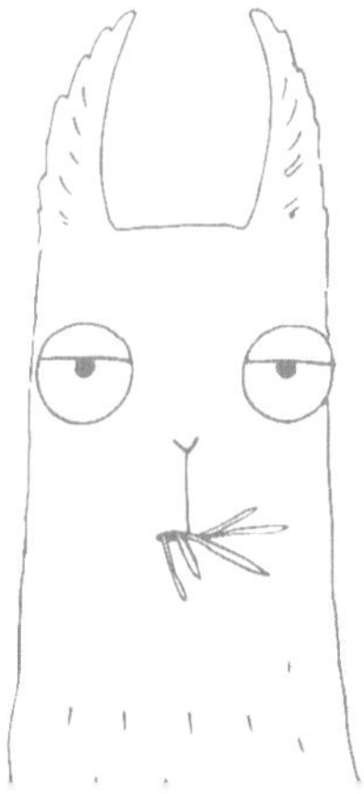

PART
5

진리眞理로 세워지는 삶

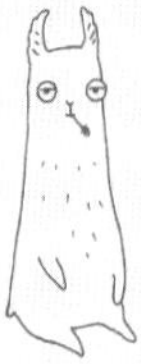

나는 스물일곱 먹은 라마입니다. 가끔씩 다른 라마들이 장수비결이 무엇인지 내게 질문을 해옵니다. 그런데 장수비결은 별다를 게 없습니다. 라마 카르마의 규칙대로 사는 것이 핵심입니다. 그리고 포유동물의 만트라에서도 큰 힘을 얻을 수 있었습니다.

포유동물의 만트라는 자기긍정적인 말이나 소리를 반복해서 부르는 것입니다. 수행을 하는 동물이라면 누구든 할 수 있습니다.

포유동물의 만트라 역할은 우리에게 깨우침을 주는 것에 있습니다. 이러한 깨우침의 빛이 어떤 동물에겐 너무 기초적이거나 억압적일 수도 있습니다. 예를 들어 과나코가 하는 긍정의 말은 엄청 단순합니다. 문자 그대로 "여기!"라는 말을 반복하는 것입니다. 이는 평생 동안 과나코의 내면에서 이뤄지는, 자신의 이름을 부르는 점호에 대해 끊임없이 대답하는 말을 뜻합니다.

나는 라마로 살아가며 다양한 포유동물들이 내놓은 수많은 성명들을 연구했습니다. 거기에서 마음을 달래주는 소들의 약속뿐만 아니라, 수많은 '매애매애'와 장황한 '으르렁으르렁'들로부터 엄청난 위안을 얻었습니다.

그중에서도 우리 종족의 기도가 나를 가장 크게 깨우쳐주는 부름임을 깨닫게 됐습니다. 이러한 만트라는 나보다 더 젊은 라마들과 이야기를 하다 보면 더욱 잘 나타났습니다. 이 만트라는 '성스러운 라마의 나타남' 또는 '라마를 잔잔하게 만드는 기적'으로 알려져 있습니다. '성스러운 라마의 나타남'은 누구나 이해하기 쉬울 뿐 아니라 켈로그 시리얼 한 그릇만큼이나 기운을 솟아나게 만듭니다.

이 만트라들과 함께 멋진 정보도 하나 주겠습니다. 바람막이 처리를 한 우리 안에 짚이나 잘게 자른 종이쪼가리들을 깔면 근사한 잠자리를 만들 수 있다는 이야기입니다.

그리고 산의 만트라는 털 깎은 자리에 울긋불긋 발진이 생겨버리는 것 같은 신체적 장애는 물론이고 정신적인 장애를 극복하는 데에 쓰입니다.

산의 에너지는 활발하지만 때론 우리를 진정시켜줍니다. 때에 따라 갈등을 겪고 있는 낙타류를 돕기 위해 이곳까지 내려오기도 합니다. 햇볕에 탄 크리아cria*부터 고귀한 수리 알파카에 이르기까지, 말뚝에 매여 허우적대면서 미친 말을 쫓아내려 애쓰는 우리 종족들을 위해서 내려오는 것입니다.

이 만트라가 효과를 발휘하기 위해 필요한 단 한 가지는, 아슬아슬한 바위 끝에 매달리듯 어떤 특정한 성과에 집착하는 마음을 버리는 것입니다. 특정한 결과에 매달리는 건 자괴감을 느끼게 되는 동시에 심각한 발굽질로 이어질 수 있습니다. 하지만 숭고한 산이 보여주는 무소유의 자세를 닮아갈수록 행복해질 수 있습니다.

*크리아(cria) : 라마, 알파카, 과나코 등의 새끼를 말함.

산의 만트라를 읊을 때면 에너지가 자유롭게 흐르다가 다시 우리 안에 차오르도록 내버려두세요. 엄청난 내면의 평화를 안겨주면서 모든 걸 명료하게 해줄 것입니다.

나를 망상에서 현실로 이끌어주오
나를 어둠에서 빛으로 이끌어주오
나를 끝에서 시작으로 이끌어주오
평화가 있으라
평화가 있으라
평화가 있으라

진리의
되새김

'포유동물과 산의 만트라'의 비밀

머릿속에 떠도는
생각의 고리를 끊어버리세요.
멍하니 있다가
과나코에게 채이고 싶지 않다면.

당신도 잘 알 것입니다.
과나코들은 당신 다리만 노리고 있습니다.
당신을 한 번에 확 꺾어놓겠다는
강한 의지 때문입니다.

생각이란 게 참으로 묘해서
할수록 괴로운 법이고
마음을 답답하게 합니다.
끙끙 앓아봐야 딱히 해결 방법도 없습니다.
그렇다면 차라리
이빨로 질긴 건초를 뭉개버리듯이
날카로운 송곳니로 나무껍질을 뜯어내듯이
번뇌의 고리를 끊어버리세요.

당신이 생각에 갇혀 있을수록
적들에게 기회를 준다는 걸 잊지마세요.

진리에 이르는 길은 어렵지도
그렇다고 아주 쉽지도 않습니다.
당신의 눈을 가리고 있는
탐욕과 미움, 무지를 완전히 걷어버리면 됩니다.
그것들은 정말로 지독합니다.
그것들은 당신의 동공을 관통하고 있습니다.
당신이 스스로 탐욕을 보지 못하도록 하는 것입니다.
그리고 당신 심장에 눌러 붙어 있기도 합니다.
당신의 시기와 질투를 느끼지 못하게 하는 것입니다.
어쩌면 당신의 뇌리에 깊이 박혀 있는지도 모릅니다.
그래서 당신 스스로 무지를 인정하지 않는 것입니다.

진리에 이르고 싶다면
우리가 되새김질을 멈추지 않는 것처럼
진리를 향한 의지를 꺾지 마세요.
그래야만
무한한 지혜와
무한한 자비심과
무한한 힘으로 진리가 찾아올 겁니다.

눈썹을 치켜 든 저 과나코가 보이는지요?
고개를 숙인 채 웃음을 머금고 있습니다.
모로 달리는 고갯짓이 예사롭지 않습니다.
그뿐만이 아닙니다.
당신을 공경한다는 듯 몸까지 낮추었습니다.
빠짝 귀를 뉘인 것을 보세요.
아니,
당신은 왜 갑자기 몸을 곧추세우세요.
코의 실룩거림을 멈춘 이유는 뭔가요.
조심하세요.
당신에게 풀을 건넨다고 마음을 다준다면
창자가 꼬이는 고통을 맛보게 될 겁니다.
오해하지 마세요.
절대로 당신의 사랑을 방해하려는 의도가 아닙니다.
날 친구로 생각한다면 믿으세요.
혹독한 대가를 먼저 치른 자의 말입니다.

어느 날 동료들과
안데스 지방의 산에 오른 적이 있습니다.
그때 건너편 산에 불이 났습니다.
어찌할 바를 모르며 산불만 쳐다보았지요.
모두들 안타깝다며 발을 동동 굴렀는데
산불이 그 동료들의 눈에서도 타고 있는 걸
나는 보았습니다.
그뿐만 아니었습니다.
산불은 그들의 마음까지 다 태워버려서
아주 숯검정으로 만들어버리고 말았습니다.
추억을 잃는다는 건
지독하게 슬픈 일입니다.

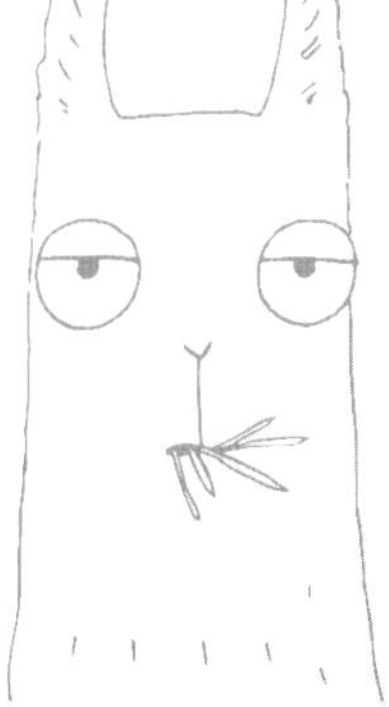

얼마나 더 먹으려는 건가요.
이 초원에 있는
새순을 모조리 따먹을 셈이 아니라면
지금 당장 멈추세요.
과식은
당신의 욕망 덩어리 때문에 유발되는 것입니다.
당신 위가 행복하다는 환호를 지를 때
잠깐 동안이라도 주둥이 움직임을 멈춰보세요.
눈앞에 있는 새순의 야들야들함은 잠깐 잊고
기분 좋음을 향유하라는 것입니다.

세상에서 가장 불행한 소리는
과나코의 배 터지는 소리입니다.
그 뒤로
그 과나코를 본 사람이 없다는군요.

오!
오늘은 정말 기쁜 날입니다.
어떻게 알았냐고요?
당신 엉덩이가 씰룩거리고 있잖아요.
왜 기쁨을 감추려고 하세요.
마음껏 웃으세요.
마음껏 춤추세요.
마음껏 노래하세요.
그 속에서
살아가는 희열을 느낄 수 있습니다.

이런,
내일이 걱정돼서 자제하고 있었군요.
그렇다면 오늘 마음껏 기뻐하고
죽음을 맞는 건 어때요?
내일 당신이 살아있다는 보장도 없잖아요.
그냥 오늘을 감사하며 즐기세요.

거미가 또 거미줄을 치는군요.
어제 걸려든
파리의 담백하고 환상적인 육즙 맛을
아직도 잊지 못하는가 봅니다.
비록 나방이 걸렸다고 하더라도
오늘 또 거미줄을 쳤을 것입니다.
지난번 맛본 메뚜기의 고소함도
아직 잊지 못하거든요.
거미는 매번 같은 꿈을 꾸며 거미줄을 칩니다.

어제도
오늘도
틀림없이 내일도
또다시 메뚜기가 걸려들
그 다음날도 거미줄을 칠 겁니다.
거미는 결코 만족이란 걸 알지 못합니다.
당신도 혹시 언젠가 한 번 있었던
아니 미래에 있을
매력적인 경험을 떠올리며 살고 있진 않나요?
이제라도 그냥 잊어버리세요.
당신 식욕만 감퇴시킬 뿐입니다.

염소 바울의 소식을 들었는지요.
며칠 전 집을 나간 뒤로
아직까지 소식이 없답니다.
무지개를 잡겠다고 뛰어갔다고 해요.
무지개는 물방울과 햇빛이 만들어낸
환상이라고 말해도 듣지 않았다고 합니다.
직접 무지개를 잘라 오겠다고
호언장담하고 떠났다는데
그를 기다리는 게 맞는지 모르겠습니다.

혹시 모르잖아요,
그가 내 눈앞에 떡하니 무지개를 내놓을지.
하지만 당신도 알고 나도 압니다.
절대 그럴 수 없다는 걸요.
그러니 만질 수 없는 것
손에 닿지 않는 것
또 너무 높이 있는 것은 구하지 마세요.
그것에 대한 아집이 당신 눈과 귀를 막아버립니다.

당신 발밑을 보세요.
혹시 보석을 밟고 있지 않나요?

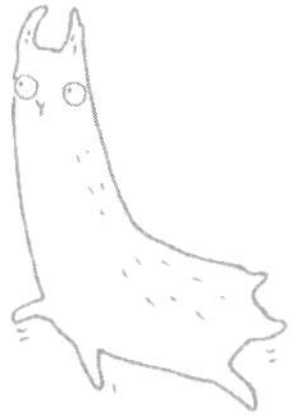

내가 트럭 뒤에 실려
긴 시간 여행을 하던 때입니다.
세상이 엄청나게 빠른 속도로
돌아간다는 것을 알게 됐습니다.
퉁퉁! 탕탕! 쾅쾅!
좋은 일들도 많았지만
파괴적인 일들도 많이 일어나고 있었습니다.
나는 너무 무서워서
목이 묶인 채로
트럭 바닥에 주저앉아버렸습니다.
버틸 수 있는 힘이 더 이상 없었던 것입니다.
그때 트럭이 갑자기 급정거를 했습니다.
그 바람에 내 몸은 앞으로 쏠려버렸지요.
그런데 다리가 풀려 주저앉아 있었기 때문에
다행히도 큰 충격은 받지 않았습니다.
어떠세요.
아무리 불행한 일이 닥친다 해도
결코 나쁜 일만 생기는 건 아닙니다.

전기 울타리를 할짝대던 찰나입니다.
아찔함이 내 혓바닥을 통해
깊이 팬 발굽 사이를 순식간에 통과했습니다.
난 전기 울타리에 대한 복수심이 불타올랐습니다.
머리로 들이박고도 싶고
발로 차버리고도 싶고
퉤 하고 누런 침이라도 뱉어주고 싶었습니다.
그런데 부르르 몸을 한번 털고 나자
갑자기 생각이 달라져버렸습니다.
쭈뼛거리며 전기 울타리 근처에는
얼씬도 하지 않는 양들을 보았거든요.
생각을 바꾸니
다른 것들이 보이기 시작했습니다.
시선을 달리 하니
안 보이던 게 보이더란 이야기입니다.
어쩌겠어요.
이제부터라도 내가 이해할 것입니다.
전기 울타리도 자기 할 일을 해야 하는 거라고요.

모인 뒤에는 흩어짐이 있고
높이 오른 뒤에는 내려감이 있으며
만남 뒤에는 헤어짐이 있고
태어남이 있으면 죽음이 있는 것처럼
양떼를 지키느라 몸을 혹사시키는 당신에게
언제든 쉬게 해줄
자연이 있다는 걸 알려주고 싶습니다.

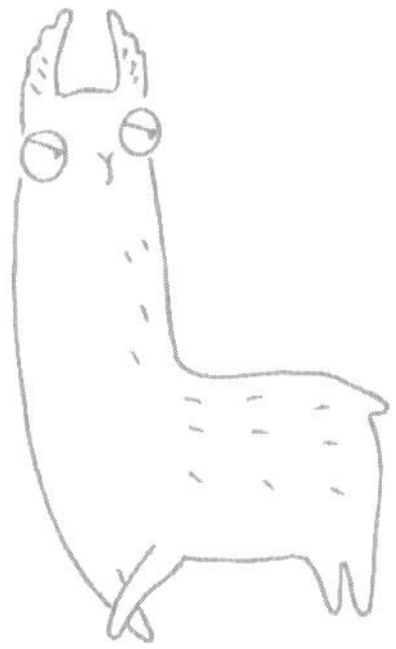

바람처럼 자유롭고 싶습니다.
새처럼 어디로든 벗어나고 싶습니다.
강물처럼 넓은 세상으로 흘러가고 싶습니다.

이런 하소연을 듣고 보니
사는 것이 갑갑한 모양입니다.
누구든 그럴 때가 있습니다.
왜 아니겠습니까?
먹을 거라곤 풀뿐이고
한 발짝이라도 벗어나면
먹고사는 게 불안해지기 때문입니다.
그러나 지금 당신을 가두고 있는 것은
오직 당신 마음뿐입니다.
당신이 머물러 있는 공간 외에도
넓은 세상이 있다는 걸 깨닫고 나면
그런 두려움일랑 사라져버릴 겁니다.
자신을 옭아매지 마세요.
당신은 오랏줄이 아닙니다.

엉덩이라도 걷어차서
당신을 일으키고 싶습니다.
함께 콩가 춤을 춰보자는 말입니다.
오늘이 벌써 며칠 째인가요.
아직까지 무엇 하나 이룬 게 없다면서
한탄한다고 흐르는 시간을 막을 순 없습니다.
아무것도 해놓은 것이 없다면
지금부터 하면 됩니다.
왜 아니겠습니까.
당장 그 묵직한
엉덩이를 드는 것부터 시작해보세요.
시간에 대해서는
기다리지 말고
미련도 갖지 말고
두려워하지 말아야 합니다.

지금 이 순간에
살아 있음을 느끼면 됩니다.
그래야 웃을 수 있습니다.
아무리 저항해보세요.
시간은 당신이 무섭다고
멈춰 서지 않습니다.
무모한 일입니다.

내 친구 제라드가
길에서 유리병 하나를 발견했습니다.
유리병 속에는
맛있는 이끼와 연한 잎이 들어있었습니다.
나도 함께 그 길을 지났는데
내 눈에는 왜 보이지 않았는지
부러워서 배까지 아팠습니다.
배가 고팠던 제라드는
꿀꺽 침을 삼키며
유리병을 덥석 물었지만
이빨만 아프고 먹을 수 없었습니다.
그러자 유리병을 발로 굴려보고
코로 흔들어댔습니다.
유리병 입구를 찾으라고
아무리 내가 소리쳐도 듣지 않았습니다.
모든 신경을 먹는 데만 쏟아 붓습니다.
제라드는 지금도
이끼와 연한 잎을 먹기 위해
유리병과 씨름하고 있습니다.

이런!
당신의 콧김이 너무 뜨겁습니다.
그 씩씩거림을 잠깐 멈추세요.
그렇지 않으면 그 열기에
당신의 빳빳한 털이
모조리 타버릴지도 모릅니다.
이번에도 플라우 경이
당신의 약점을 가지고 놀렸다는 것을
나도 압니다.
그때마다 열 받을 필요는 없습니다.
차라리 쿨하게 인정하세요.
그럼 플라우 경도 할 말을 잃을 겁니다.
약점도 당신의 일부입니다.

벌써 밤이 되었습니다.
당신 눈에는 별빛이 보입니다.
당신이 하루를 보내고
별빛을 눈에 담고 있을 때
내 눈에는 당신이 가장 품위 있어 보입니다.
언젠가 당신이 내게 들려준
그 이야기를 기억하고 있습니다.
당신은 하루를 보내고 나면
별빛을 눈에 담고
스스로를 돌아본다고 했습니다.
나는 그때 당신 눈에서
빛나는 별빛보다
더 찬란한 빛을 본 적이 없습니다.
그 빛이 당신을
더 고고하게 만들어주는 까닭입니다.

정의를 실천하는 것은
우리 라마가
침 뱉기를 참는 것보다 어렵습니다.
그러나 당신이 꼭 알아두어야 할 것은
아는 대로 진실만을 말해야 합니다.
어떤 이야기를 듣고
경솔하게 바로 판단하지 마세요.
가볍고 쉽게 행동하지 말라는 것입니다.
사실인지 깊이 생각하고
이치가 명확할 때 과감히 행동하세요.

에필로그

겸손으로 되살리는 삶

'침묵의 형제'는 라마의 '말 없는 영혼'으로 알려져 있습니다. 그는 선사시대 팔레오 라마의 형상을 하고 있다고 했습니다. 현재의 라마와 비슷하지만, 더 짧으면서도 복잡하게 생긴 큰창자를 가지고 있습니다.

동물에 관한 속설에 따르면, 히무타트Hemootat*는 대륙과 종교를 초월하는 존재입니다. 말굽동물의 왕국에서 그는 여러 이름과 직위로 불립니다. 완전낙타, 출입구 파괴자, 강한 청자聽者, 사막의 사자死者, 뚱뚱한 칼Carl 등으로 불리고 있습니다.

침묵의 형제가 읊는 만트라는 그가 상징하는 강력한 에너지에 우리가 다가갈 수 있도록 도와줍니다. 그래서 원기회복과 포용을 원하는 짐 나르는 동물들이 그를 찾곤 합니다. '콩주머니 터트리기' 게임을 하다가 팀에서 제외된 한 젊은 라마는 현명하게도 히무타트에게 차분한 온기를 베풀어달라고 빌기도 했습니다.

* 히무타트(Hemootat) : 우교(牛敎)의 우직한 신앙에서 선지자로 알려져 있다. 다만 우교에서는 히무타트를 부를 때 H와 E, T와 A, 그리고 마지막 T를 발음하지 않는다. 여기에서 히무타트는 앞서 설명한 묵음을 제외하면 Moo만 남는데, 이는 영미권에서 소 울음소리인 '음매'를 의미한다.

그의 본성과 마찬가지로 히무타트의 만트라는 소리로 이뤄지는 것이 아닙니다. 그 대신에 '구원받을 라마'는 살짝 못마땅한 표정을 하고, 부드러운 땅 위에 그냥 서 있으면 됩니다. 마치 바비큐를 하려고 준비하는 뚱뚱한 부부의 모습을 보고 있는 당신의 표정처럼 말입니다.

침묵의 형제는 당신의 심장으로 들어와 당신 곁에 당당히 설 것입니다. 그러면 당신 안에는 라마 한 마리가 홀로 선 채 우주와 연결되어 있다는 확신이 차오를 것입니다. 이와 반대로, 어떤 라마는 다른 많은 라마들과 함께 서서 자신이 탔던 상, 벌어들인 돈, 자기 마구간과 귀걸이의 크기에 대해 끊임없이 푸념을 늘어놓을 것입니다. 그러나 보편적으로 우리가 상상하는 것처럼, 그는 깊고 깊은 단절과 쓰디쓴 외로움만 계속 느낄 것입니다. 그때 그는 자신의 어리석음을 깨닫게 됩니다.

그리고 청명한 하늘의 만트라는 성공을 거둘 수 있도록 도움을 줍니다. 우리는 새치기를 하면서도 선두를 차지하고 싶은 충동을 자주 느낍니다. 그래서 이 만트라를 매일 외우는 게 필요한 것입니다. 이 만트라는 우리가 맨 앞에 서는 성공을 이루고 내면의 행복을 얻을 수 있도록 도와줍니다. 그뿐만 아니라 중간이나 맨 뒤에 있게 될 때 겪는 어려움과 불행, 고통 등을 없애주기도 합니다.

저 높은 곳에 계신 '돌포파 파드마삼브하바(얼마나 지혜로운지 어머니의 뱃속에 있는 동안 이미 깨달음을 얻은 라마)'는 이렇게 믿습니다. 죽음의 순간에 청명한 하늘의 만트라를 암송한다면, 수레를 끄는 조랑말보다는 낮지 않은 신분으로 환생할 수 있다고 믿는 것입니다. 다시 말해 수레 끄는 조랑말이거나 그보다 신분이 위라는 뜻입니다.

만세, 위대한 지도자!
오, 리더가 나타났네.
우리에게 시야를 넓히라 하네.
이 삶에서 번영과 성공을 찾게 해주시네.

지금까지 그토록 먼 여정을 나와 함께 해줘서 너무나 감사합니다. 우리는 함께 엄청나게 많은 것들을 배웠습니다. 좋은 삶이란 동정심을 베푸는 삶이고, 수행을 하며 희망을 기억하는 것이 진정한 특권이고, 인생의 모든 순간을 음미해야 그 다음 순간을 즐길 수 있다는 것을 깨닫게 된 것입니다.

그리고 과나코들은 너무 어리석어서 자기 위를 지나가는 비행기들이 '자신만만한 진짜 까마귀'라고 믿는다는 사실까지도 알게 됐습니다.

이제 당신에게 축복을 내립니다.

기나긴 인생을 잘 살아내길 기원합니다.

음메스테
달리 라마가

자신이 원하는 것을 얻지 못하는 것이
때로는 인생에 있어 뜻밖의 행운이 될 수도 있다는 점을 명심하라.

달라이 라마

매일 아침 일어날 때마다 생각하라.
오늘 내가 살아있어 행운이고, 소중한 인생을 가지고 있으니,
나는 그 소중한 인생을 낭비하지 않을 것이라고.

달라이 라마